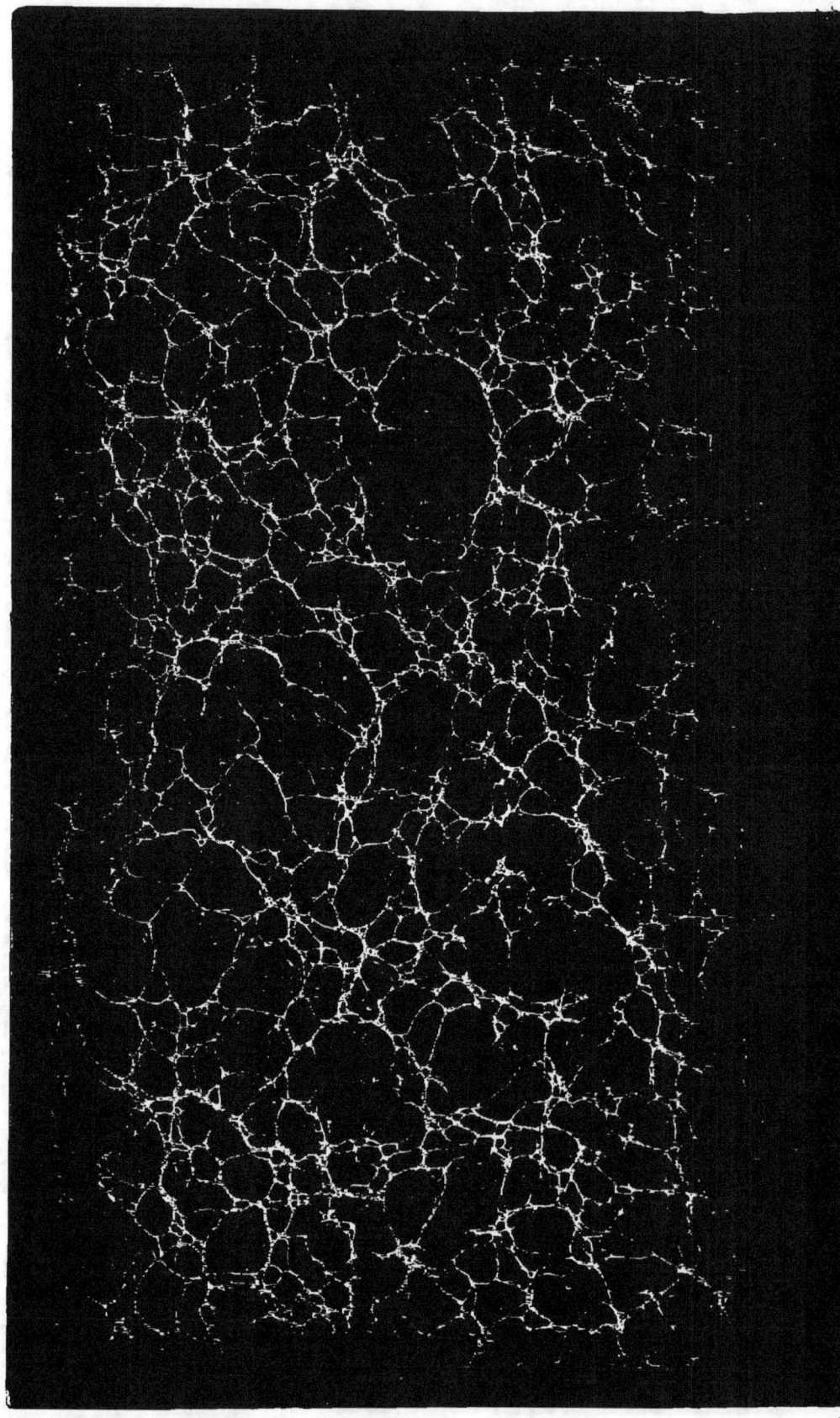

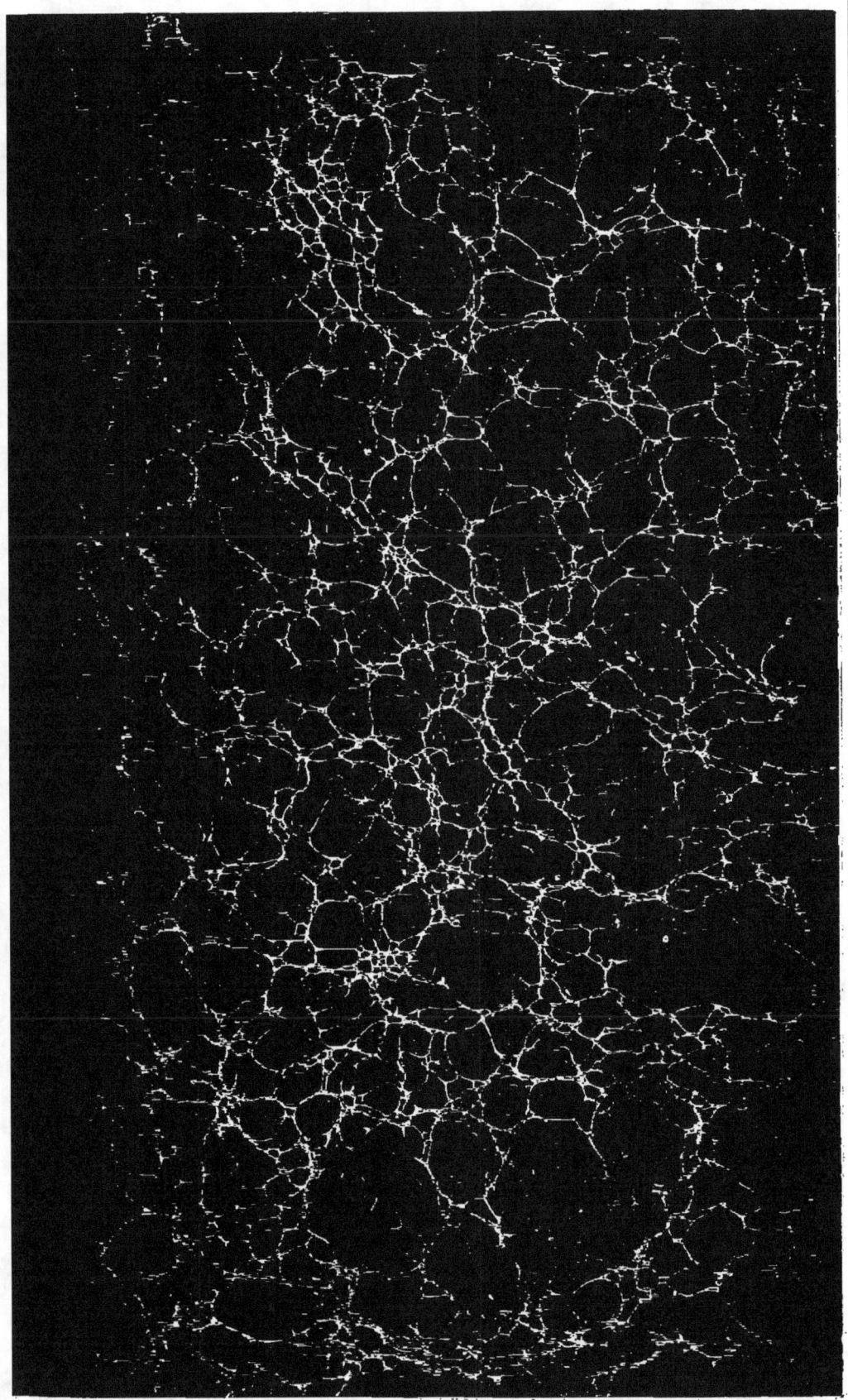

ROME A PARIS.

Ouvrages des mêmes Auteurs :

Épître a M. le comte de Villèle.

Sidiennes, Épîtres-Satires.

Les Jésuites, Épître à M. le président Séguier.

Les Grecs, Épître au Grand-Turc.

La Villéliade, ou la Prise du chateau Rivoli.

IMPRIMERIE DE J. TASTU,
RUE DE VAUGIRARD, Nº 36.

ROME A PARIS

Poëme

EN QUATRE CHANTS,

PAR

BARTHÉLEMY ET MÉRY,

AUTEURS

DE LA VILLÉLIADE, ETC., ETC.

Rome n'est plus dans Rome, elle est toute où je suis.

CORNEILLE, *Sertorius*.

PARIS

AMBROISE DUPONT ET Cⁱᵉ, LIBRAIRES,

RUE VIVIENNE, N° 16.

1827

PRÉFACE.

L'Auto-da-fé que Valence vient de célébrer à la face de
l'Europe civilisée et de la royauté muette, est peut-être l'é-
vénement le plus important du siècle, parce qu'il caractérise
le mieux l'époque actuelle ; c'est le grand holocauste qui
clôture le Jubilé de 1826, et qui se lie naturellement au vaste
plan que les ultramontains ourdissent pour soumettre les peuples catholiques à leur pouvoir immédiat ; on s'en convaincra,
sans peine, pour peu qu'on ait lu les journaux jésuitiques de
Rome et de Paris, lesquels n'ont jamas donné au clergé espagnol des éloges plus pompeux, que depuis l'assassinat reli-
gieusement juridique du malheureux Ripoll. Ce grand attentat
offrait un magnifique sujet à la muse sérieuse, et notre inten-
tion était d'abord de le traiter sur le ton le plus approprié à
un spectacle de mort : mais en poésie, il faut aujourd'hui faire
des concessions aux circonstances ; ce n'est que par le rire
que le peuple veut arriver aux pleurs ; un tableau tout sombre
l'effraie, il en détourne ses yeux ; le poëte a recours à des fictions
comiques pour lui apprendre de lamentables réalités.

Ces réflexions ont dirigé le plan de notre nouveau poëme ; ainsi le sujet principal qui est l'Auto-da-fé, est devenu un simple accessoire, ou, pour mieux dire, le nœud qui termine le drame. D'autres motifs encore, purement littéraires, nous ont servi de règles de conduite ; il nous a semblé que la satire, agrandissant chaque jour son domaine, demandait de nouvelles formes, et voulait changer sa monotonie première en drame et en action : c'est donc une satire en quatre chants, plutôt qu'un poëme, que nous avons essayé de faire. Comme nous avions beaucoup de héros à mettre en scène, nous avons choisi un cadre dans les plus vastes proportions, et un sujet principal autour duquel pussent se grouper, sans peine, un nombre infini de détails. Nous pensons d'ailleurs qu'il doit être permis aux poëtes satiriques du 19ᵉ siècle, de violer quelquefois les règles et les formes anciennes pour s'en créer de nouvelles ; il est aisé de suivre à la lettre les préceptes littéraires quand on déclame en vers contre les méchans poëtes, les mauvais dîners et les sots prédicateurs ; mais le poëte politique qui attaque un pouvoir ombrageux redoute plus les réquisitoires que les arrêts du Parnasse, et il court souvent le risque d'oublier les seconds en voulant se soustraire aux premiers par des détours adroits. Au reste, nous nous soumettons au jugement de ces censeurs éclairés qui ont encouragé nos pas dans une carrière épineuse, et qui, depuis, nous ont donné tant de preuves de bienveillance.

ROME A PARIS.

CHANT PREMIER.

ARGUMENT.

Prologue. — Invocation au Démon de la politique. — Convocation de tous les Jésuites du royaume. — Dénombrement. — Itinéraire. — Le Préfet de la Seine. — L'Académie française. — Arrivée au Panthéon.

C'EST nous qu'on vit jadis au faubourg Saint-Germain
Fêter l'ambassadeur d'un tétrarque africain ;
Depuis, troublant la paix de nos Cacus modernes,
Nous avons, comme Alcide, envahi leurs cavernes;

Et naguère, changeant par une fiction
Le palais de Villèle en nouvelle Ilion,
Il fallut, pour hâter cette grande défaite,
Forcer notre Apollon à devenir prophète.
Mais comment imposer un terme à nos travaux ?
Le champ de la satire est fertile en héros,
Et, sur le même sol, des moissons éternelles
Appellent de nouveau nos muses fraternelles ;
Jamais, jusqu'à ce jour, les vulgaires travers
N'ont mieux justifié l'âpreté de nos vers.

La toge consulaire est changée en étole ;
Le sinistre corbeau croasse au Capitole ;
Ignace, déployant l'antique Labarum,
De ses soldats en froc inonde le Forum ;
Ils partent à sa voix : ces longues fourmilières
Noircissent d'Appia les profondes ornières ;

Et, dans moins de dix ans, une seconde fois,

Des Césars tonsurés ont conquis les Gaulois [1].

Du haut des Apennins ces bandes déchaînées

Ont crié : Plus de Charte et plus de Pyrénées !

Aux cris ultramontains l'Espagne a répondu ;

Mais à ces mêmes cris, Metternich éperdu

Craint de revoir ces temps où les rois en tutelle

Recevaient leur brevet de la ville éternelle,

Et payaient chèrement, à d'avides légats,

Le droit de commander dans leurs propres États.

Prophétiques terreurs ! la triomphante Église

Veut ranger à ses pieds Vienne même soumise ;

Son audace a bravé l'alliance des rois ;

Aux peuples consternés elle parle : à sa voix

S'élève dans Valence une flamme homicide,

Dominique se montre aux colonnes d'Alcide,

Et, conquérant altier des États visigoths,

Règne au bout de l'Europe assis sur des fagots.

Esprit saint, ou plutôt démon diplomatique !

Toi qui, tantôt paisible et tantôt frénétique,

Siéges dans ces Congrès, occultes tribunaux,

Où les oints du Seigneur nous jugent à huis-clos,

Sylphe mystérieux qui dans les Cours te glisses,

Et vois les grands acteurs rire dans les coulisses,

Tu peux seul, dirigeant nos regards indiscrets,

De ce vaste théâtre éclaircir les secrets ;

Pour toi des cabinets s'ouvre le sombre arcane,

Devant ton œil perçant Canning est diaphane ;

Tu connais mieux que Pradt quel secret désespoir

Du cou de Castlereagh approcha le rasoir ;

Quand Thémis poursuivait un Traitant infidèle,

Tu sais qui frissonna d'Ouvrard ou de Villèle ;

Tu sais, quand le trépas frappe un ex-souverain,

S'il mourut d'un breuvage ou d'un cancer au sein,

Et dans tes lourds cartons, immense répertoire,

Vivent mille secrets ignorés de l'histoire.

Viens donc, révèle-nous les sacrés attentats

Dont la France est témoin et qu'elle ne voit pas,

Transperce de nos sens l'enveloppe grossière ,

Fais tomber sur nos fronts ces langues de lumière,

Dont l'éclat changerait Tharin en Fénélon ,

Chabrol en Dugai-Trouin , et Villèle en Solon.

Quand Ignace–le–Grand , dans la France idolâtre ,

Eut de ses histrions relevé le théâtre ,

D'abord , fuyant l'éclat , l'Ordre à peine introduit ,

Dans d'obscurs sanhédrins se rassemblait sans bruit ,

Et jamais jusqu'ici , dans sa terreur panique ,

Il n'osa se former en club œcuménique.

Ce grand jour est venu : du fond de ses bureaux

Fortis a convoqué ses états-généraux [2] ;

Il faut que chaque corps , au général docile ,

Par deux Représentans assiste au grand concile.

La salle est préparée aux dépens de l'État

Dans les vastes caveaux de ce temple apostat [3] ,

D'où l'occulte pouvoir chassa par ordonnance

Les Héros , la Patrie et la Reconnaissance.

Les dévots Députés arrivent par milliers
Des colléges royaux, des couvens séculiers,
Des gymnases chrétiens où Rome a ses casernes;
Laïques, tonsurés, *assistans*, subalternes,
Tous différens d'état, de mœurs, de vêtemens,
Mais unis en secret par les mêmes sermens;
Ces nombreux pélerins, en colonnes serrées,
Accouraient vers Paris de toutes les contrées.
Tels ces peuples d'Afrique, au visage hâlé,
Les Maures de Tunis, d'Oran et de Salé,
Chaque année affrontant la soif et la famine,
Pleins d'ardeur et de foi, se rendent à Médine;
Tels marchaient de Fortis les peuples différens.
Pêle-mêle avançaient des pasteurs vétérans,
Au parasol antique, aux solides chaussures;
De jeunes chérubins, aux flottantes ceintures,
Qui, le froc entr'ouvert, extatiques piétons,
Faute de chapelet priaient sur leurs boutons [4];
De chastes confesseurs dont la fraude permise
Mêle le nénuphar à l'eau de la sœur-grise;

Tous ont donné congé dans leurs hôtels garnis,

Et près *d'aller en guerre* ils sont tous réunis.

Ce n'est que dans le sang qu'un tel affront se lave;

« Marchons, ont-ils crié, marchons droit au conclave

» S'il ne veut replacer le trône sur l'autel,

» Au général Fortis jetons notre cartel. »

Vers l'endroit menacé la phalange se porte;

Du grand ambassadeur ils ont cerné la porte,

Et jurent, au milieu des accès de la toux,

De venger Metternich ou de succomber tous.

Cependant le héros que ce tumulte effraie

Sort du lit, et portant la main gauche à sa plaie,

Il se montre au balcon, leur parle en allemand,

Porte jusques aux cieux leur noble dévoûment,

Leur dit qu'il va descendre et se mettre à leur tête,

Et qu'avec leur soutien le monde est sa conquête.

Il dit, fait un signal, et le rauque tambour

Organise les rangs dispersés dans la cour.

CHANT QUATRIÈME.

ARGUMENT.

Les Ultras alarmés se rassemblent chez Metternich. — Description physique et morale de ces combattans. — Ils marchent vers le palais du Légat. — Les armées sont en présence. — Dénombrement des principaux chefs des Jésuites. — Préparatifs du combat. — Arrivée d'un messager espagnol. — Récit de l'auto-da-fé de Valence.

Sitôt que dans Paris le journal de la nuit [1]
De ce grand attentat eût propagé le bruit,
ce bruit, au récit de ce commun outrage,
es ultras belliqueux ont trépigné de rage;

5

Voilà donc quels vengeurs s'arment pour ta querelle,

Sainte ligue des rois, alliance éternelle!

Le peuple de Paris, en voyant ces héros,

Crut revoir la noblesse aux États-Généraux;

Tout du siècle passé lui retraçait l'image,

Leurs armes, leurs habits, leur maintien, leur langage;

Leurs cheveux sont parés de frimats odorans,

Usage rigoureux chez ces preux vétérans,

Qui, pareils à nos rois de la première race,

Se distinguent par-là d'avec la populace.

Ils ont d'un coffre antique extrait pour ce grand jour

Les pompeux ornemens de la défunte cour,

Le large juste-au-corps aux flottantes dentelles,

Le soyeux haut-de-chausse, ennemi des bretelles,

Le gilet pailleté, la rheingrave à longs plis,

Le ruban glorieux où pend la fleur de lis,

L'épée horizontale et la mince épaulette;

Enfin, pour étaler leur parure complète,

Ils ont chaussé, suivant les us des vieux barons,

Des bottes dont le temps bronza les éperons,

Conservant avec soin, sur leur tige plissée,

La poussière des camps à Coblentz ramassée.

C'est là que ces vengeurs de l'autel et des rois

A l'abri du canon casernaient leurs exploits;

Ameutant contre nous la Prusse et l'Allemagne,

Ils semblaient dédaigner de se mettre en campagne,

Souriaient de mépris, et caustiques héros,

Sur notre *jacquerie* épuisaient leurs bons mots.

Brunswick était chargé de livrer leurs batailles.

La folie à Coblentz parodiait Versailles;

L'étiquette réglait les fêtes de la cour;

Le marquis, en buvant, attendait son retour,

De galans madrigaux parfumait les actrices;

Des roués à la mode on vantait les caprices;

Une ferme de jeux fut vendue à l'encan!

On les vit préférer, dans les loisirs du camp,

L'enseigne d'un tripot au plumet d'Henri-Quatre;

C'était au lansquenet qu'ils aimaient à combattre,

Et transformé par eux en favori de Mars,

Chalabre les guidait au milieu des hasards [3].

Cependant, chaque jour, malgré leur espérance,

Triomphaient les couleurs de la nouvelle France,

Et dans ses droits nouveaux, par son bras affermi,

Le serf victorieux fut seigneur à Valmi.

Alors ce grand espoir se perdit en fumée :

Le camp se dispersa ; les seigneurs de l'armée,

Errans de cour en cour, de plus d'un souverain

Reçurent, en passant, le rouble ou le florin,

Et pareils aux tribus des rives de l'Euphrate,

Pleurèrent sans retour une patrie ingrate.

Mais quand du fond du Nord l'alliance des rois

A nos yeux étonnés ramena par deux fois

Des fils de saint Louis les soldats légitimes,

Paris vit défiler ces héros cacochymes,

Français *in partibus,* qui, fiers d'un long oubli,

Osèrent se targuer du trône rétabli.

Leur brigue, depuis lors, rivalise d'audace :

Active nuit et jour, la noble populace,

Le placet à la main, assiége le pouvoir :

L'un veut en préfecture ériger son manoir,

L'autre veut endosser l'hermine héréditaire ;

L'ex–menin sans emploi demande un ministère ;

Tous font valoir, enfin, d'un esprit intrigant,

Leur campagne d'Autriche ou le voyage à Gand,

Et comptent, sans pudeur, faute de cicatrices,

Trente ans, d'oisiveté pour trente ans de services.

Dans la cour du Palais, le ministre allemand

Commande le départ du noble régiment ;

Ils sortent possédés d'une fureur hostile,

Et bientôt du Légat bloquent le péristile.

L'Observateur d'Autriche, à la tête placé,

Pour sommer les Romains déjà s'est avancé,

Et sur un cheval noir, aux flancs de la colonne,

L'ardente Krudener voltige en amazone.

Fortis a tout prévu ; son œil de basilic

A déjà dans la foule aperçu Metternich ;

Il sonne le tocsin armé d'une cresselle,

Mande Sainte, ex-abbé, qu'il place en sentinelle [4],

Vote un cierge pascal à saint Pierre-ès-liens,

Et remplit les échos de noms italiens.

Aussitôt l'escalier se noircit de soutanes,

Les chefs sont descendus appuyés sur leurs cannes :

Le cardinal Pacca, Villèle des Latins [5],

Fabrici, desséché sur les marais Pontins [6],

Benigni, gardien des trésors de Lorette,

Mazio, familier de la junte secrète,

Bardani, qui proscrit, et toujours sans succès,

Dans les États romains les libelles français,

Tiberi, Martinez, Isoard, Camarote,

Bofondo, Ruspoli, tous auditeurs de Rote,

Marcellini, qui vend, pour six écus romains,

Le droit de mariage à deux cousins germains,

Testa, qui fatiguant son style épistolaire,

Aux rois, chaque matin, lance une circulaire,

Le sourd Buttaoni, du Saint-Siége auditeur,

Enfin le bon Sala, zélé coadjuteur,

Qui, dans un grand festin, vit du fond des assiettes,

En servant le rôti, s'envoler des mauviettes.

Le béat Hohenlohe au regard inspiré [7],

Bénit à haute voix le bataillon sacré ;

Il attend les blessés, et plein de confiance,

Un miracle à la main, il tient lieu d'ambulance.

Mais rien ne doit s'offrir à sa pieuse ardeur ;

Fortis, fils de l'Église, a le sang en horreur :

Pourtant, qu'avec plaisir, dans la rue enflammée,

Sur un mont de fagots, il brûlerait l'armée !

Quel superbe moyen d'échauffer les esprits,

Qu'un tel auto-da-fé dans les murs de Paris !

Mais le coup est trop fort, pour un tel sacrifice

Le bourgeois philosophe est encor trop novice ;

Il faut donc renoncer à ce grand coup d'éclat,

Se soumettre, et donner le signal d'un combat

Digne des légions de la Rome nouvelle.

Aussitôt, sur l'autel la bougie étincelle ;

On suspend aux lambris les sacrés gonfanons [8] ;

Sur un pupître d'or on braque les canons ;

On maudit les ligueurs ; avec cérémonie ,

On forge le décret qui les excommunie ;

Fortis prodigue aux siens le doux baiser de paix ,

Et Sainte ouvre aux ultras les portes du palais.

Ils entrent à longs flots, Metternich à la tête ;

Mais ce tableau pompeux les glace et les arrête ;

Que ne peut sur nos sens un spectacle romain !

Ils ont laissé tomber le glaive de leur main ,

Et tremblent en voyant la redoutable bulle

Écrite en traits de flamme aux murs du vestibule.

Bons ultras ! les enfers, dès long-temps oubliés ,

Semblent au même instant s'entr'ouvrir sous leurs pieds,

Car déjà s'est offerte à leur triste mémoire ,

Des vieux péchés de cour la libertine histoire.

Metternich, contempteur des hommes et des dieux,

Va porter sur l'autel un bras audacieux ;

Mais un bras plus puissant arrête le grand homme ;

Il veut crier, sa voix est la voix d'un fantôme ,

Il désigne Hohenlohe , et son bras raccourci
Semble dire du geste : Et toi, mon fils, aussi !

En ce moment , malgré le *qui vive* de Sainte ,
Un agile inconnu s'élance dans l'enceinte :
Le rosaire à gros grains résonne à son côté ;
Un froc lourd et velu couvre sa nudité;
De son front couronné, pendent sur son visage
Les jasmins du Bétis et les lauriers du Tage.
Il a crié : Victoire! et sur les marbres froids ,
Comme le Grec de Sparte il est tombé sans voix.
Mais Hohenlohe est là ; le thaumaturge invite
Le mort à se lever, et le mort ressuscite ;
Alors baissant les yeux et croisant les deux mains ,
Le Lazare espagnol a dit : « Princes romains ,
» Je viens , après un long et pénible voyage,
» De Torrenzo mon maître apporter le message.... »

A ces mots Metternich , à regret attentif ,
Vers le seuil de la porte avance un pied furtif ,

Il est près de sortir ; mais Fortis le regarde :

« Sentinelles, dit-il, croisez la hallebarde,

» Qu'on écoute à huis-clos, et vous, Prince allemand,

» Subissez ce récit ; c'est votre châtiment. »

Et l'Espagnol poursuit : « Valence, ô ma patrie !

» Garde de ce grand jour la mémoire chérie!.....

» Les juges rassemblés au sacré tribunal

» De leur illustre chef attendaient le signal ;

» Il arrive ; la joie éclate au saint-office,

» On arrache Ripoll aux tours de Saint-Narcisse,

» Et l'abbé Torrenzo, s'installant au milieu,

» Docile à votre voix comme à celle de Dieu,

» Dicte l'arrêt fatal, puis suivant l'us antique

» Jette au bras séculier la victime hérétique ;

» Mais à cette heure même encor compatissant,

» Il défend aux bourreaux de répandre le sang :

» Soumis à ses désirs, le bras de la justice

» Daigne en un doux bûcher commuer le supplice.

» Les soldats de la foi, parés de lauriers verts,

» Les dévots pénitens, de cilices couverts,

» De la place publique occupent les issues;

» Partout à flots épais, se pressent dans les rues,

» De poudreux pélerins aux visages hâlés,

» Vieux chrétiens de l'Espagne en ce jour rassemblés;

» Aux larmes de plaisir qui sillonnent leur face,

» On voit qu'ils sont issus de cette antique race,

» Qui brûlait à la voix du grand Torquemada

» Les Maures de Grenade et les fils de Juda.

» D'abord on avait craint que les preux de la France

» N'eussent pas à la fête accordé leur présence;

» Mais le pieux Moustier et le brave O'Donnel

» Les avaient invités au bûcher solennel.

» On amène Ripoll; nos bandes réunies

» Ont entonné des morts les longues litanies,

» Et les *miserere*, chantés en faux bourdon,

» Ont sur l'humble pécheur appelé le pardon.

» De sa victime enfin le bûcher se décore :

» Alors un familier qu'un saint zèle dévore,

» De la torche d'honneur armant ses doigts sacrés,

» Du pompeux échafaud a franchi les degrés :

» Il offre l'hérétique au Dieu de la clémence,

» La flamme brille, et moi, perçant la'foule immense⁹,

» Je m'éloigne à la hâte, et je viens en ces lieux

» Faire à l'Ordre assemblé ce récit glorieux. »

L'Espagnol a parlé ; le sénat qui l'écoute

De l'antique *Hozanna* fait retentir la voûte ;

Les ultras, le chef nu, de pourpoint dépouillés,

Aux pieds du Général se sont agenouillés ;

Tous, l'œil baigné de pleurs, le front dans la poussière,

Demandent à grands cris leur grâce plénière :

Fortis jette sur eux un regard paternel,

Les absout, puis prenant un maintien solennel,

Il dit : « Vous le voyez, c'est Rome qui l'emporte ;

» Des rois ambitieux l'omnipotence est morte,

» Dès ce jour mémorable ils ont des suzerains ;

» Vas avec Krudener l'annoncer aux Germains,

» Metternich ; et vous tous, ambassadeurs fidèles,

» Dans vos départemens publiez ces nouvelles ;

» Que ce grand coup frappé, les peuples à genoux,

» Sachent qui doit régner ou des rois ou de nous;

» Qu'on reconnaisse enfin, dans une paix profonde,

» La nation en robe et les maîtres du monde *. »

* *Agnosco rerum dominos gentemque togatam.*

VIRGIL.

FIN.

Notes du Chant Quatrième.

[1] Sitôt que dans Paris le journal de la nuit.

L'Étoile. Ce journal, dans un de ses numéros, s'était vanté du triomphe des Jésuites sur Metternich , et n'avait pas oublié la fustigation de ce dernier.

[2] . . . . . Et portant la main gauche à sa plaie.

Cette plaie était sans doute une suite de la correction paternelle infligée par Fortis.

[3] Chalabre les guidait au milieu des hasards.

M. de Chalabre père avait l'insigne honneur de tailler le pharaon dans les appartemens de la cour; son fils, le comte de Chalabre, fermier actuel des jeux, s'émigra, et porta sur

la terre d'exil son dévouement et ses tapis verts. Pour charmer l'ennui de ses nobles compagnons d'infortune, il ouvrit
un petit salon de jeu, dans lequel venaient se ruiner les fidé-
lités malheureuses qui avaient de l'argent. Plus tard, au
Palais-Royal, M. de Chalabre a donné leur revanche aux
nobles indemnisés.

⁴ Mande Sainte, ex-abbé qu'il place en sentinelle.

M. Sainte, rédacteur de la *Sentinelle Catholique*.

[,] Le cardinal Pacca, Villèle des Latins.

Le cardinal Pacca est le ministre des finances du Saint-
Siége; mais c'est là le seul trait de ressemblance qu'il ait avec
M. de Villèle. Le ministre romain a des commis qui font des
chiffres pour lui, pendant qu'il boit le *lacryma-christi* dans sa
délicieuse villa; il dit quelquefois sa messe, feuillette son
bréviaire sous de beaux arbres, fait des repas de cinq heures,
des siestes de trois, et s'inquiète fort peu de savoir si la rente
papale est au pair, ou si les émigrés de Rome ont besoin d'un
trois pour cent pour rentrer dans leurs palais de marbre; c'est
un Horace chrétien en barrette et à cheveux blancs.

⁶ Fabrici desséché sur les marais Pontins.

Tous les dénommés ci-après sont les ministres ou les grands
dignitaires de la cour de Rome. Fabrici est l'inspecteur de ces
marais Pontins que l'on dessèche depuis Romulus et qui ne
sont jamais secs. Le bon dominicain auquel nous faisons allu-
sion plus bas, aurait bien dû dessécher des marais au lieu de

ressusciter des mauviettes rôties ; le miracle était aussi aisé et aurait été plus utile.

⁷ Le béat Hohenlohe. . . . . . .

C'est le thaumaturge de l'Allemagne qui fait des miracles avec la permission de Metternich, son confrère en principauté. Les guérisons merveilleuses de Hohenlohe sont ordinairement enregistrées dans la *Gazette de France*, qui a de bonnes raisons pour croire aux miracles, puisqu'elle existe depuis douze ans avec cent abonnés et M. Bénaben.

⁸ On suspend aux lambris les sacrés gonfanons.

Le *gonfanon* ou *gonfalon* est une bannière d'église à trois pendans. Il ne faut pas le confondre avec le fanon, qui est une pièce d'étoffe, pendante d'une manche ou de quelque autre chose.

⁹ La flamme brille. . . . .

D'après les premières nouvelles du jugement de Ripoll, il paraissait constant que ce malheureux avait été brûlé ; on apprit ensuite qu'il n'avait été que pendu. Nous avons conservé la première version, et nous pensons que personne ne nous chicanera là-dessus. Ce qu'il importait de savoir dans cette affaire, ce n'était pas que Ripoll eût été pendu ou brûlé ; il suffisait, pour constater l'auto-da-fé, qu'il eût été jugé par un tribunal ecclésiastique, et c'est ce qui a eu lieu. Le plus ou moins de sévérité dans le supplice n'atténue en rien l'horreur de ce jugement. Nous lisons d'ailleurs, dans les histoires de

6

l'inquisition, que les condamnés étaient pendus dans certaines circonstances, en cas de pluie, par exemple. Un philosophe fut pendu à Lisbonne dans l'auto-da-fé qu'on y célébra pour empêcher la terre de trembler; ce qui ne l'empêcha pas de trembler le lendemain avec un fracas épouvantable. C'est Voltaire qui raconte ce fait, lui qui a consacré tant d'horribles vérités dans ses sublimes plaisanteries.

De hideux capucins fondés par les deniers [5]

Que la pitié publique accorde aux prisonniers;

Des régens décorés par monsieur Laurentie [6];

Des commis, frêle espoir de la bureaucratie;

De jeunes avocats que l'abbé Loriquet,

Sur les bancs de l'école, a promis au parquet....

Infortunés soldats! si Corbière et le Pape

Vous laissent, sans pitié, voyager par étape,

Du moins, le bon Franchet, touché de votre sort,

Daigna vous épargner l'ennui d'un passe-port!

D'autres leur succédaient. Dans un lourd équipage

Ils ont cru se soustraire aux longueurs du voyage;

Là sont les électeurs dont le vote banal

Toujours du télégraphe attendit le signal;

Les fougueux substituts, qui, dans un saint délire [7],

Ont pour quinze cents francs demandé le martyre;

Les maires, qui, pasteurs d'un stupide bétail,

Peuvent tous les cinq ans renouveler leur bail,

S'ils donnent chaque année, à la secte papale,

Dans les conseils urbains leur voix municipale ;
Les douaniers au frac vert qui, dans chaque bazar,
Perçoivent pour Fortis ce qu'on doit à César ;
Les employés du fisc dont la caisse fidèle
Est une auge profonde où pâture Villèle....

Tous ces ambassadeurs, subalternes agens,
S'avancent vers Paris à pas peu diligens,
Car ils ont envahi ces coches apathiques,
Pesamment remorqués par cinq chevaux étiques,
Effroi du voyageur, qui, froissé du roulis [8],
Gémit dans un cercueil paré de fleurs de lis.
Telle est de leur destin la rigueur importune :
Le ciel ne créa point, pour leur tourbe commune,
Ces agiles landaw dont les larges coussins
Des prélats rebondis portent les membres saints ;
Êtres prédestinés qui, chargés d'une crosse,
Par un chemin de fleurs vont au ciel en carrosse !

Après mille travaux, les poudreux bataillons

Dans les champs de Paris plantent leurs pavillons :

C'était l'heure où la nuit laisse tomber son voile.

Genoude, décorant la porte de l'Étoile [9],

Sème, en guise de fleurs, sous les pas des héros,

De son journal du soir les pâles numéros.

L'Octroi reste muet, les commis des barrières

Cèdent leur colonnade aux phalanges guerrières ;

Fortis est installé dans le palais fiscal.

Pareil à Josué, le chef pontifical

Dénombre ce grand peuple, et sa voix animée

De tant de corps épars ne forme qu'une armée ;

Sur l'état de la troupe il ordonne un rapport :

Qui l'eût dit ? Il n'est point de blessé ni de mort !

Sans perdre un seul soldat ils ont fait la campagne ;

On eût dit qu'ils venaient de conquérir l'Espagne.

Le comte de Chabrol vers eux s'est dirigé [10] :

C'est lui qui des héros harangueur obligé,

Par des phrases toujours avec art assorties,

A su légitimer toutes les dynasties,

Et naguère arrangea pour les preux de Cadix

Le discours qu'il servit aux vainqueurs d'Austerlitz.

L'Édile, en souriant, s'approche; il les salue;

Après tant de périls célèbre leur venue;

Et, sans savoir l'objet de ce grand armement,

D'être à jamais fidèle il leur fait le serment.

Après lui se présente une troupe endormie :

C'était le côté droit de notre Académie;

Chacun les reconnaît : de longs feuillages verts

Ornent de leurs habits les pans et les revers,

Et des lourds encensoirs dont leur main est armée

L'honorable cohue est toute parfumée;

Auger, son président, à la tête du corps,

S'incline : pour parler il fait de vains efforts;

Mais prompt à réparer ce contre-temps funeste,

Il emploie à défaut l'éloquence du geste;

Le muet discoureur est aux pieds du héros :

Il sort un manuscrit fruit de ses longs travaux,

Et dépose humblement dans ses mains protectrices,

Escobar et Sanchez enrichis de notices.

Fortis reçoit l'offrande avec un doux souris ;

Jaloux de témoigner qu'il en sent tout le prix,

Au dévot président il fait baiser sa mule,

Et bénit de sa main la troupe somnambule.

Mais les soucis du camp l'occupent de nouveau.

Déjà toute l'armée a passé sous l'arceau ;

Les Cosaques nouveaux, dans les Champs-Elysées,

Raniment un moment leurs forces épuisées.

Chabrol sur le gazon a semé des couverts ;

Par ses soins généreux à leur faim sont offerts

Les abondans débris d'un dîner chez Villèle.

Soudain du Saint-Jeudi la bruyante cresselle

Résonne avec fracas jusqu'aux murs de Chaillot,

Au bout de son bâton Fortis met un fallot ;

Sur ses pas glorieux tout le camp s'achemine,

Arrive, en haletant, vers la sainte colline,

Touche le Panthéon, et les sacrés drapeaux

Des colonnes du temple ornent les chapiteaux.

Le souterrain profond a reçu le cortége :
Ce fut là que naguère une main sacrilége
De vingt rois oubliés vengeant les ossemens,
Du Saint-Denis du peuple ouvrit les monumens,
Bénit au nom du ciel des fureurs impunies,
Et promit désormais un culte aux gémonies.
De ces nobles débris tout le sol est semé,
Le socle de Voltaire en siége est transformé,
Et Fortis s'est assis sur la pierre outragée;
Sur d'humides gradins sa bande s'est rangée,
Et, pour préliminaire, une voix de stentor
Entonne en faux bourdon le Veni Creator.

Notes du Chant Premier.

[1] Et, dans moins de dix ans, une seconde fois,
  Des Césars tonsurés ont conquis les Gaulois.

On sait que César mit dix ans à faire la conquête des Gaules,
et que ce héros était chauve; ce qui faisait dire à ses soldats en
retournant à Rome : *Romani, servate uxores, mœchum addu-
cimus calvum.*

[2] Fortis a convoqué ses états-généraux.

Le révérend père Fortis, premier rôle de notre drame, est,
comme on sait, le général des Jésuites de la ville éternelle et du
monde; c'est après Metternich la plus forte tête de l'Europe.

[3] Dans les vastes caveaux, etc.

En rendant au culte le Panthéon français, on a détaché

du fronton, les lettres de bronze qui composaient l'inscription :

AUX GRANDS HOMMES LA PATRIE RECONNAISSANTE.

Cette inscription sublime est le meilleur ouvrage qu'ait livré
au public le citoyen Pastoret, patriote ardent dans l'Assemblée
constituante, aujourd'hui Marquis de Pastoret et vice-pré-
sident de la Chambre des pairs.

[4] Faute de chapelet priaient sur leurs boutons.

Les jeunes lévites, chez lesquels le zèle pour les pratiques
religieuses n'a pas encore dégénéré en ennui, disent leur chapelet en boutonnant leur robe, laquelle doit toujours avoir,
d'après la règle, cinquante-deux boutons, nombre égal aux
grains du chapelet.

[5] De hideux capucins fondés par les deniers
Que la pitié publique accorde aux prisonniers.

Dans quelques villes du Midi, les trois quarts de la quête
pour les prisonniers sont détournés au profit des couvens qui
s'élèvent; nous avons sous les yeux un journal qui a consacré
à cet étrange abus un article qu'on a laissé sans réponse.

[6] Des régens décorés par monsieur Laurentie.

M. Laurentie était inspecteur de l'Université; il concourt
puissamment à préparer à la France une génération religieuse et monarchique.

7 Les fougueux Substituts.

MM. de Mérindol et Levavasseur, qui doublent les procu-
reurs du Roi, se dévouent ordinairement au martyre dans la
péroraison de leurs discours; on leur alloue pour ces dé-
vouemens quinze cents francs par année.

8 Effroi du voyageur, qui, froissé du roulis,
 Gémit dans un cercueil paré de fleurs de lis.

Les messageries royales.

9 Genoude, etc.

M. de Genoude, qui a traduit l'Evangile, mais qui ne l'a
pas lu, est le rédacteur en chef de l'*Étoile;* il est chargé de
décorer, dans les entrées solennelles, l'arc de triomphe qui
porte le nom de son journal.

10 Le comte de Chabrol, etc.

On ne peut faire un pas dans la région politique sans ren-
contrer des Chabrol; celui-ci est le préfet de la Seine.

CHANT SECOND.

ARGUMENT.

FORTIS se lève et dit : « En ce temps-ci, mes frères,

» Des célestes trésors sages dépositaires,

» Je vous ai réunis, pour apprendre de vous

» Si, dans le champ français que nous cultivons tous,

» Une riche moisson à nos vœux est promise ;

» Avez-vous agrandi le bercail de l'Église ?

» Comment germe la foi ? Ce grain de sénevé

» Est-il mort sur le roc ou s'est-il élevé ?

» Combien a-t-on détruit de membres inutiles ,

» De sépulcres blanchis et de figuiers stériles ?

» L'œuvre est-il accompli ? Dans un crible d'airain ,

» Avez-vous séparé la paille du bon grain ?

» Et la France , en un mot , de tant d'horreurs souillée ,

» S'est-elle du vieil homme à la fin dépouillée ?

» Parlez... Chacun de vous , de son département

» Arrive pour répondre aux besoins du moment.

» A-t-on purifié tous les fonctionnaires ?

» L'ordre s'est-il accru de quelques séminaires ?

» Nous en avions fort peu : dans son dernier précis ,

» Si j'en crois Frayssinous, on n'en comptait que six ;

» J'en gémis en secret; mais pourtant j'aime à croire

» Qu'en parlant à la Chambre il a faussé l'histoire.

» Avez-vous , avec art , au temple de Thémis ,

» Parmi les conseillers recruté des amis ?

» Leur rebelle pouvoir me donne de l'ombrage.

» Rassurez mon esprit ; c'est votre témoignage

» Qui sur tant de sujets doit jeter un grand jour :

» Il faut donc que chacun me réponde à son tour.

» Villèle pour vous tous servirait d'interprète ;

» Mais le comte est absent, la sévère étiquette

» Vers ces lieux aujourd'hui lui défend d'aborder ;

» Partout où je commande il ne peut présider.

» Vous, évêque d'Hermès, parlez avant Corbière ;

» La croix, vous le savez, doit passer la première. »

« Prince, dit Frayssinous, mon homélique voix

» Naguère à la tribune a retenti trois fois.

» Dans un de ces discours quelque peu téméraires,

» Il fallut avouer sept petits séminaires ;

» Mais calmez vos terreurs, notre état florissant,

» Seigneur, au lieu de sept en compte plus de cent.

» Dans tous brûle, sans fin, le feu sacré de Rome.

» Chefs qui les dirigez, souffrez que je vous nomme ;

» Vous siégez tous ici ; Loriquet, Perrodin,

» Joyez, Haquardio, Lagier, d'Artois, Mondin,

» Cabanat, Justamond, Loras, Roux de Verrières ',

» Vous tous qui cultivez ces riches pépinières,

» Dites si j'ai jamais, ennemi clandestin,

» Gêné des jeunes clercs l'essor ultramontain.

» Bien plus, il faut le dire, on sait que nos évêques

» Ont chassé mes sermons de leurs bibliothèques;

» Qu'un écrivain jaloux que j'ai trop protégé,

» Que La Mennais enfin est le dieu du clergé :

» Eh bien! j'ai dévoré cet affront si notoire,

» Pour le bien de l'Église et sa plus grande gloire,

» Et de ma lourde croix acceptant tout le faix,

» J'ai puni mes rivaux à force de bienfaits.

» Nommez-moi des cités dont les places publiques

» Ne se décorent point des signes catholiques,

» De ces énormes croix que les prêtres romains

» Sèment aux frais publics sur tous les grands chemins.

» Lyon seul, de l'Église antique citadelle,

» A nos fiers bataillons oppose un mur rebelle;

» Le travail est son dieu : là l'impie artisan

» Pour sa manufacture abandonne Rauzan ;

» Mais le blocus est prêt ; des hauteurs de Fourvières

» Nous faisons observer la ville aux deux rivières ;

» Quand l'heure sonnera, je nommerai Guyon [2]

» Pour le Dubois-Crancé de cette mission [3],

» Et soudain, à ma voix, l'avalanche docile,

» Comme un bloc de granit, tombera sur la ville.

» Malgré le double appui du maire et du préfet,

» J'ai laissé dans Rouen mon ouvrage imparfait ;

» Je ne le cèle pas : mais quelle autre conquête

» A jamais égalé cette illustre défaite ?

» Dois-je vous rappeler les enfans de Baal

» Insultant par leurs cris au cortége papal ?

» Les gendarmes dévots, les pieux commissaires

» Étouffant les pétards allumés sous les chaires ?

» L'agile télégraphe apprenant à Paris

» Les désastres soufferts par nos Pères proscrits ?

» Et, parmi les horreurs d'une tourbe en délire,

» Lowenbruk arrachant la palme du martyre ?

» Dans nos colléges saints , nos Pères triomphans

» Ont trouvé moins de peine à vaincre des enfans :

» Les jeunes lauréats, soit en vers, soit en prose ,

» Partout du grand Ignace ont fait l'apothéose ;

» Partout je fais donner aux jeunes nourrissons

» La même discipline et les mêmes leçons.

» Si parfois de Calvin un enfant sacrilége

» S'asseoit furtivement sur les bancs d'un collége ,

» Du sceau réprobateur il est soudain marqué ,

» Pour lui l'édit de Nante est toujours révoqué.

» Les colléges royaux sont de vrais séminaires.

» Des écoles de droit les savans dignitaires ,

» Au lieu du droit civil dictent le droit canon,

» Et l'Université n'existe que de nom.

» *Dixi.* » D'Hermès s'assied ; Corbière le remplace :

« Illustre Général, grand-vicaire d'Ignace ,

» Je vais, puisque tel est ton ordre souverain,

» De mon intérieur t'offrir le bulletin.

» Rassure-toi, Fortis ; partout ton signe brille ,

» Les deniers de l'État engraissent ta famille,

» Et jusqu'aux employés relégués à l'octroi,

» Tout doit son rang, son titre, aux Pères de la Foi.

» La Police elle-même épure son cloaque;

» Les obscurs possesseurs de la secrète plaque,

» Montrent, pour être admis, au magistrat *ad hoc*,

» Le visa d'un jésuite au brevet de Vidoc [4],

» Et la nuit, pour charmer leur course solitaire,

» Les patrouilles du guet récitent le Rosaire.

» Parcours, la carte en main, la province et Paris :

» Partout nos vieux couvens sortent de leurs débris;

» De la part du budget à ma garde commise,

» J'élève des palais aux princes de l'Église,

» Et le moine quêteur, par mes soins abrité,

» Cultive grassement sa molle oisiveté.

» Mais tandis que tout l'or sert de proie à ma secte,

» La porte de l'Étoile attend un architecte,

» Et le triste Éléphant du terrain Beaumarchais

» Vieillit avant de naître et ne boira jamais.

» Un seul danger m'effraie, il trouble mon empire :

» La tourbe des journaux sans relâche conspire ;

» Chaque jour nous voyons de turbulens écrits

» Sous vingt formats divers échauffer les esprits ;

» Par ses propres enfans l'Église est obsédée :

» Le fougueux Martial, comme un autre Asmodée,

» Dans les noirs soupiraux de la Société

» D'un rayon délateur fait tomber la clarté [5],

» Et si de Montlosier la fureur se rallume,

» Dupont va nous lancer un troisième volume.

» Quelles lois opposer à ces rudes assauts ?

» Je l'ignore ; ce soin est au garde-des-sceaux,

» Qu'il parle ! — Oui, tu dis vrai, ce soin-là me regarde

» Dit Peyronnet : aussi, je vais me mettre en garde :

» C'est à moi de servir de plastron à leurs coups ;

» Aux premières leçons je les désarme tous ;

» Je leur jette le gant ; si quelqu'un le relève,

» Son masque ne pourra le soustraire à mon glaive,

» Et dût-il de son corps faire un *in-trente-deux*,

» Le duel entre nous ne sera point douteux ;

» Mais il faut seconder mon courage et mon zèle,

» La Chambre doit s'ouvrir par une loi nouvelle,

» Car le Code se tait contre ces grands abus,

» Et mes fiers tribunaux ne me secondent plus ;

» Rien n'a pu les réduire à servir mes caprices ;

» La Cour rend des arrêts, et jamais des services :

» Sourds aux solliciteurs, esclaves de la loi,

» Ils sont les gens du peuple et non *les gens du Roi.*

» En revanche au Parquet, nos bons auxiliaires

» Ouvrent avec respect mes nobles circulaires ;

» Dans chaque prévenu comme ils distinguent bien

» Le jésuite en crédit du simple citoyen !

» Ils savent à propos ou sévir, ou se taire,

» Et la mort de Courier est encore un mystère.

» Si parfois, dans la France, un scandaleux éclat

» D'un prêtre du Seigneur révèle un attentat ;

» Par un arrêt cruel, si le jury profane

» Condamne sans pitié le Tarquin en soutane,

» Lui désigne du doigt la mort ou le carcan,

» Alors, moi, pour sauver l'honneur du Vatican,

» D'un habit séculier couvrant le dos d'Ignace,

» Je le fais, par mes gens, punir par contumace. »

« C'est assez, dit Fortis, je rends grâce à vos soins;

» De votre zèle ardent je n'attendais pas moins ;

» Ministres préposés à ce vaste royaume,

» Vous avez, tous les trois, bien mérité de Rome,

» Car vous avez prouvé que le saint Vatican

» N'a pas d'ami plus sûr qu'un clergé gallican.

» Je vous porte en mon cœur; dans ma reconnaissance,

» Paris sur Rome même obtient la préférence,

» *Et comme auprès de moi, sont tous ses vrais appuis,*

» *Rome n'est plus dans Rome, elle est toute où je suis.*

» Chassez de votre esprit ces terreurs puériles;

» Que vous font ces auteurs dont les plumes hostiles,

» Contre Ignace et ses fils lancent des traits jaloux ?

» S'ils n'ont rien empêché, pourquoi les craignez-vous?

» Un danger plus réel occupe ma pensée :

» La puissance romaine, aujourd'hui balancée,

» Au bout de son levier trouve pour contrepoids,

» Le sceptre qu'a jeté l'alliance des rois;

» Ces deux pouvoirs rivaux se disputent la terre :

» D'abord, cette union fut juste et salutaire;

» Pour façonner au joug les peuples pervertis,

» D'un immense pouvoir nous fûmes investis;

» Mais cette grande lutte une fois terminée,

» Rome doit commander, telle est sa destinée :

» Ce qu'elle tient des rois, elle doit le haïr;

» Régner au second rang, c'est pour elle obéir.

» Non que du Vatican la haute politique

» Veuille des rois chrétiens briser le sceptre antique;

» Mais jaloux de ses droits, il veut que son appui

» Leur conserve le trône et qu'ils règnent par lui.

» Ont-ils donc oublié ces beaux jours de l'Église

» Où Rome dominait la chrétienté soumise,

» Où, de sa propre main, l'héroïque Aldobrand [6]

» Sur la peau de d'Ossat fouettait Henri-le-Grand?

» Aujourd'hui, partageant la rage populaire,

» Au joug théocratique ils veulent se soustraire,

» Et, laissant à l'Église une ombre de pouvoir,

» Leur sceptre ambitieux protége l'encensoir.

» Peut–être, de nos jours, cet infernal système

» N'aurait jamais jailli d'un front à diadème,

» Si de leurs droits communs mandataire obligé,

» L'Allemand Metternich, en monarque érigé,

» N'eût formé, de ses mains, par un trait de génie,

» Un imposant faisceau de leur faiblesse unie.

» C'est lui qui, machinant un complot clandestin,

» Des peuples et de nous nivèle le destin,

» Et domptant les premiers par la force des prêtres,

» Liés au même char, il les traîne à ses maîtres.

» Mais dans ses vastes plans il s'est trop réjoui;

» Je veux l'épouvanter par un coup inoui;

» Si le péril est grand, il est beau qu'on l'affronte;

» Rome a perdu sa place, il faut qu'elle y remonte,

» Et que du même foudre elle écrase, à la fois,

» La caste libérale et le parti des rois.... »

A ces mots, précurseurs d'une grande pensée,

Autour du Général la foule s'est pressée :

Les yeux fixés sur lui, chaque père attentif,

Dans son sein agité tient le souffle captif;

Tout se tait : seulement, à travers les colonnes,

On entendait des vents les plaintes monotones,

Ou l'horloge du Mont, au tintement aigu,

Ou le long cri d'éveil au poste Montaigu.

D'un geste impérieux, le lieutenant d'Ignace

Ordonne aux auditeurs de reprendre leur place,

Et poursuit en ces mots : « C'est dans ces lieux chéris,

» Où règnent nos prélats et nos rois favoris,

» C'est en Espagne enfin, notre terre d'élite,

» Que nous devons frapper le coup que je médite;

» Qu'il faut, bravant les lois des juges séculiers,

» Rendant le glaive antique à nos bons familiers,

» Saisir un criminel jugé par notre office,

» Et sur le saint bûcher l'offrir en sacrifice.

» Tout est prêt, le bourreau, les juges, le local :

» Le zélé Torrenzo, prévôt pontifical [7],

» A fouillé les prisons, a découvert un crime,

» Et sur son piédestal enchaînant la victime,

» Il n'attend plus qu'un mot pour éblouir nos **yeux**

» Par un *auto-da-fé* si cher à nos aïeux.

» O vous qui m'écoutez, ô mes frères jésuites !

» De ce grand coup d'État ne craignez pas les suites.

» Je connais le moment : nos rivaux énervés,

» Jouant avec les fers que nous avons rivés,

» Chansonnent le geôlier qui les tient sous la grille,

» Mais le peuple aujourd'hui ne prend plus de Bastille.

» Ainsi l'arrêt de mort que mon bras va lancer,

» En frappant l'univers ne pourra nous blesser ;

» Puisse sur un pécheur tant de grâce descendre !

» Alors, plein de ce feu qui brûlait Alexandre [8],

» Je pourrai m'écrier, en foulant Metternich :

» Rome a vaincu par moi ; j'ai marché sur l'aspic. »

Le Général se tut ; la Junte transalpine

Exhale par des cris l'ardeur qui la domine ;

Un concert prolongé de sinistres bravos

Trois fois fit retentir les humides caveaux,
Trois fois les députés bondirent sur les stalles.

Tel Milton, aux lueurs des foudres infernales,
Aux déchirans accords du lugubre tamtam,
Sur un siége d'airain intrônise Satan.
Il parle : ses accens ont ébranlé la voûte,
Sur les brûlans gradins son noir divan l'écoute ;
Si le doigt de l'archange, entr'ouvrant les enfers,
Fait tomber un rayon sur le front de ses pairs,
Une hideuse joie éclate dans le gouffre ;
Les damnés échappés à leurs étangs de soufre,
Se mêlent aux démons sous les lambris fumans,
Et fêtent leur seigneur par de longs hurlemens.

Notes du Chant Second.

✳

¹ . . . . Roux de Verrières.

D'après les informations que nous avons prises avec la dernière exactitude, tous ces Messieurs dirigent les petits séminaires, selon les statuts jésuitiques.

² . . . . Je nommerai Guyon.

M. Guyon qui s'est fait un nom européen, non pas en réfutant Voltaire, mais en le brûlant, est l'apôtre le plus actif et le plus véhément de l'ultramontanisme. Il débuta dans une ville du Midi en 1820, où il fut fort applaudi par des femmes qui n'avaient jamais compris un mot de ses sermons. C'est un petit homme qui porte fièrement une tête démesurée, et dont les yeux brillent de tous les feux des Bernard et des Dominique. La première fois qu'on l'entend, on ne peut se défendre d'admirer l'étonnante volubilité de sa voix, et sa verbeuse élocution ; mais quand on l'a vu dans plusieurs villes, prêchant toujours sur les mêmes sujets, répétant toujours les mêmes phrases, les mêmes syllogismes, les mêmes anathêmes, avec les mêmes inflexions de voix, on ne voit plus en lui qu'un orateur qui s'échauffe à froid, et qui vise au mérite de l'improvisation avec une bonne mémoire et un répertoire tout fait. C'est un acteur tragique qui feint l'exaltation, et qui est tout prêt, en rentrant dans la coulisse, à rire avec ceux qu'il vient de poignarder.

[3] Pour le Dubois-Crancé de cette mission.

On sait que ce représentant du peuple fut chargé par la Convention, en 1793, de diriger les opérations du siége de Lyon.

[4] Le visa d'un jésuite au brevet de Vidoc.

Vidoc, dont le nom retentit si souvent dans les affaires criminelles, est le chef des nombreuses brigades de police de la ville de Paris ; c'est le pourvoyeur des Cours d'assises.

[5] Le fougueux Martial, etc.

M. Martial Marcet de la Roche-Arnaud, dans sa biographie des *Jésuites Modernes,* a déjà montré au public quelques tableaux hideux de vérité ; il doit incessamment lui livrer toute cette galerie ; on attend avec la plus vive impatience ses *Mémoires d'un jeune jésuite.*

[6] Où, de sa propre main, l'héroïque Aldobrand
Sur la peau de d'Ossat fouettait Henri-le-Grand.

Sixte-Quint excommunia Henri IV, et le déclara incapable

d'être roi, non-seulement du royaume de Saint-Louis, mais même d'un seul arpent de terre. Ce pape appelait le brave Béarnais une génération bâtarde et détestable de la maison de Bourbon.

Aldobrandini, connu sous le nom de Clément VIII, pour faire entièrement expier à ce prince son ancien crime d'hérésie, exigea que par procuration il se laissât fustiger à Rome ; les cardinaux d'Ossat et Duperron voulurent bien représenter Henri dans cette humiliante cérémonie, et recevoir les *gaulades* pour son compte.

⁷ Le zélé Torrenzo.

Torrenzo, vicaire-général et inquisiteur à Valence, présidait le tribunal ecclésiastique qui a condamné à mort le malheureux Ripoll, pour crime d'hérésie.

⁸ Alors plein de ce feu qui brûlait Alexandre.

L'histoire rapporte que le pape Alexandre III, non content de la soumission de Fréderic Barberousse, empereur d'Allemagne, poussa la barbarie jusqu'à le fouler sous ses pieds, en prononçant ces paroles de l'Écriture : *Super aspidem et basilicum ambulabis, conculcabis leonem et draconem.*

CHANT TROISIÈME.

ARGUMENT.

Madame Krudener, instruite des projets de Fortis, se rend au palais du prince
Metternich. — Description de ce palais. — Voyage aérien ; attelage héral-
dique. — Arrivée à Paris. — Metternich se rend à l'assemblée des Jésuites.
— Conférence entre les deux chefs ; rupture ouverte. — Le moderne
Héliodore.

Tandis qu'au Panthéon les fils du saint-office

De leur grandeur future élevaient l'édifice,

Sur les bords du Danube, au sein de ces remparts

Qu'ont choisis pour régner les modernes Césars,

Sous l'abri d'un manoir meublé par la tristesse,

Veillait des cours du Nord la sage prophétesse :

Krudener est son nom; un sens mystérieux ',

Ou plutôt un démon qui la suit en tous lieux,

Lui révèle à l'instant, par des récits fidèles,

Des plus lointains climats les secrètes nouvelles;

Sitôt que cet esprit, introduit dans son corps,

D'une fièvre savante allume les transports,

Elle parle, semblable à la Cassandre antique;

Diplomate en jupon, sybille politique,

Du cabinet des rois elle franchit le seuil,

Dans le conseil d'État s'administre un fauteuil,

Et toujours en énigme entortillant ses phrases,

De congrès en congrès promène ses extases.

Jeune et belle autrefois, elle sut à son char

Attacher un moment l'inconstance du Czar;

Mais quand de cet amant l'invalide tendresse

En sultane honoraire eut changé sa maîtresse,

L'Ariadne, oubliant une juste fierté,

Au profond Metternich s'unit par un traité,

Passa sans murmurer, du trône de Russie,

Dans les bras du héros de la diplomatie,

Au joug de ses conseils enfin l'accoutuma,

Et servit d'Égérie à cet autre Numa.

Du complot de Fortis la prêtresse est instruite;

Soudain, se dérobant aux regards de sa suite,

Et de longs voiles noirs affublant ses appas,

Vers le palais du prince elle hâte ses pas.

Elle approche, et d'abord, le fantassin qui veille

De *verdaw* prolongés a frappé son oreille.

Elle montre ses traits, se nomme; à cet aspect,

Le Cerbère ébahi s'incline avec respect,

Et cédant au pouvoir de ses antiques charmes,

Par un geste galant lui présente les armes.

Telle était de ces lieux l'inamovible loi,

Ainsi l'avait voulu l'ordre du vice-roi,

La seule Krudener dans sa noble demeure

Pouvait en se nommant pénétrer à toute heure,

Et cet insigne honneur qui lui fut octroyé,

Souvent rendit jaloux plus d'un noble envoyé.

Autour de ce palais, une innombrable foule,

Pareille aux flots bruyans balancés par la houle,

Se pressait en tout sens, s'agitait à la fois,

Élevant un long cri formé de mille voix.

De leurs nobles seigneurs turbulens feudataires,

Grumms, Foutmenns, estaffiers, heiduques, caudutaire

S'entremêlaient dans l'ombre à pas précipités ;

Trente courriers à jeun, télégraphes bottés,

Attendaient le signal qui souvent leur ordonne

De porter sur leur dos le sort d'une couronne,

Et tous de l'audience épiaient le moment.

Mais le ministre, calme au sein du mouvement,

Dans un réduit secret de son palais immense,

Tabernacle profond où règne le silence,

Sur tant d'objets divers porte un savant coup-d'œil,

Fait graviter l'Europe autour de son fauteuil,

Et de Londre à Madrid lance les estaffettes :

Ainsi, seul immobile au centre des comètes,

Le soleil précipite en des cours différens

Les tourbillons réglés de ces mondes errans.

La sybille a franchi l'impénétrable issue;

Cependant le héros ne l'a point aperçue :

Sur un Machiavel en silence penché,

Des sens grossiers de l'homme il semble détaché ;

Seulement de son front les rides prononcées

Marquent de vastes plans, de profondes pensées,

Et sur le dos voûté de l'Atlas aux abois

Tombe du monde entier le gigantesque poids.

Krudener l'interrompt : « Sors de ta rêverie,

» Metternich ! un danger menace la patrie :

» Les envoyés romains, échauffant les esprits,

» De leurs noirs bataillons ont inondé Paris;

» Leur secte, qui partout incessamment conspire,

» Menace d'envahir et la France et l'Empire;

» De l'Alliance-Sainte ennemis acharnés,

» Ils veulent qu'à leurs pieds tous les rois détrônés,

» Esclaves désormais au sein de leur royaume,

» Demandent à genoux la tutelle de Rome.......

» Qu'un foudre inattendu s'échappe de tes mains;

» Partons; j'abrégerai la longueur des chemins :

4

» Laisse-là tes chevaux et ton char de voyage,

» Je vais te composer un magique attelage. »

Elle dit : et l'on voit du bout de l'horizon,

Accourir à grand bruit les monstres du blason;

Fantastique bétail, dont la noble origine

Remonte aux vieux Croisés errans en Palestine,

Et qui chassé depuis des États policés,

Des castels allemands hante les vieux fossés.

De membres monstrueux assemblage bizarre!

Des ours posés en *pal;* des couleuvres en *barre;*

Des lions *contournés, passans, contre-passans,*

Vilenés, diffamés, mornés, issans, naissans;

Des vaches agitant de bruyantes *clarines;*

De pieux pélicans aux couleurs purpurines;

Des sphinx en capuchon; des chevaux *marinés;*

La *guivre* dévorant des enfans nouveau-nés;

Le léopard danois; le lion de Castille;

L'ours que Berne nourrit à travers une grille;

Les seize *alerions* des vieux Montmorenci;

L'aigle *esployé* des Czars au plumage noirci;

Et l'oiseau que l'empire a choisi pour emblême,
Langué, bequé, membré, diadémé de même.

Tels sont les fiers coursiers qu'une magique voix
Vient d'atteler au char du ministre des rois.
Metternich, effrayé de leur élan rapide,
Se rassure, en voyant Krudener qui les guide;
Ainsi les voyageurs dans un char sans appui,
Fendent les *champs d'azur* qui s'ouvrent devant lui.
Dans l'horizon lointain déjà Vienne s'efface,
Des cercles d'Allemagne ils ont franchi l'espace,
Du palais de Chabrol la flamme les conduit [2],
Et dans la cour du Louvre ils descendent de nuit.
Dreux-Brezé du guichet lui-même ouvrant la grille [3],
Reçoit ces animaux en père de famille,
Leur offre de sa main l'ambroisie et le sel,
Les blasonne et les loge au fond du Carrousel.

Cependant Metternich, installé chez Villèle,
Dépêche au Panthéon sa prêtresse fidèle;

4*

» Va, porte-leur, dit-il, mes ordres absolus,

» Dis surtout à Fortis, ambitieux reclus,

» Qu'il cesse d'affecter l'autorité suprême.

» S'il dédaigne ta voix, je paraîtrai moi-même. »

L'Iris de Metternich fend la voûte des airs;

Mais du temple sacré les caveaux sont déserts;

Elle ne trouve plus dans cette vaste enceinte,

Qu'un siége tiède encore et la bougie éteinte.

Alors l'esprit l'éclaire, et du haut Panthéon,

Elle fond sur l'hôtel du nonce de Léon.

C'était là que Fortis, comme dans son domaine,

Venait de transporter sa légion romaine;

Ses noirs centurions, inondant le palais,

Se pavanaient plus fiers et plus forts que jamais.

Krudener vers le chef a dirigé sa marche:

« Des jésuites du monde illustre patriarche,

» A-t-elle dit, je viens au nom d'un grand pouvoir,

» Vénérant dans vos mains la croix et l'encensoir,

» Vous ordonner de fuir, de quitter ce royaume;

» Notre empire est ici, mais le vôtre est à Rome.

» —Qui t'envoie en ces lieux? —Un plus puissant que vous ;

» Si son nom retentit, vous tombez à genoux,

» Metter.... —N'achève pas ; retourne, va lui dire

» Que Fortis le connaît et brave son empire ;

» Je reste ici ; je sais que tous deux à huis-clos,

» Vous avez contre nous machiné des complots ;

» Je puis punir sur toi ces odieuses trames ;

» Mais des gens comme nous n'en veulent point aux femmes.

» Fuis donc. » L'ambassadeur, lâchement menacé,

A retenu le Dieu dans son sein courroucé ;

Craignant de profaner la sainteté du prêtre,

Elle sort, et retourne au palais de son maître.

Tandis qu'autour du chef les jésuites groupés

De ce mâle discours sont encore occupés,

Et portent jusqu'aux cieux cet essai de courage

Qui des succès futurs leur donne un sûr présage,

Tout-à-coup, de l'hôtel hurlent les noirs dragons ;

La porte du conclave a crié sur ses gonds ;

Elle s'ouvre ; Fortis commande le silence ;

Vers son siége à pas lents un inconnu s'avance :

Sur un large velours un panache agité,

De sa haute stature accroit la majesté,

Et d'un front soucieux incliné d'habitude,

Tombent des cheveux longs et blanchis par l'étude.

Il marche, son manteau se festonne en longs plis;

Les panneaux du parquet que la cire a polis,

Cèdent en gémissant sous ses pas taciturnes;

Tel Schiller nous dépeint ces étrangers nocturnes,

Qui, toujours revêtus d'un morne incognito,

Vont s'asseoir en silence au foyer du château.

A cet air de mystère, à cet abord sinistre,

L'œil perçant de Fortis reconnaît le ministre :

Une secrète rage a dévoré son sein ;

Mais, cauteleux jésuite, il prend un air serein,

Compose habilement les muscles de sa face,

Sur un siége d'honneur l'invite à prendre place,

Et, craignant d'entamer l'épineux entretien,

Sur le ton du ministre il veut régler le sien.

« Seigneur, dit le Germain, puisque votre ame fière

» A de mon envoyé rejeté la prière,

» Je veux être moi-même, oubliant ma grandeur,

» Et mon premier ministre, et mon ambassadeur.

» J'aime à croire pourtant que par excès de zèle,

» La sybille m'a fait un récit infidèle ;

» Que malgré mes leçons, s'arrogeant un vain droit,

» Elle a manqué peut-être au respect qu'on vous doit,

» Et causé ces transports dont l'ardeur vous honore,

» Et qu'en vos yeux sacrés je vois briller encore.

» — Prince, répond Fortis, noble joyau des cours,

» Votre rare sagesse éclate en ce discours ;

» Oui, votre ambassadeur a méconnu l'Église ;

» Chrétien, j'ai pardonné sa tudesque franchise,

» Et je connais trop bien votre amitié pour nous,

» Pour croire qu'un tel ordre ait émané de vous.

» — Et pourquoi donc, seigneur, refuser de le croire ?

» — C'est qu'un ordre pareil flétrirait votre gloire.

» — Je vous entends ; je vois que ma plume et mon bras

» N'ont servi, jusqu'ici, qu'à faire des ingrats ;

» On oublie un bienfait aux jours de la puissance :

» — Nous élevons plus haut notre reconnaissance;

» Rien d'humain n'a conduit le céleste ressort

» Qui sauva notre barque et la mit dans le port;

» Ainsi que Dieu l'apprend, l'Église est éternelle;

» Les portes de l'enfer ne peuvent rien contre elle;

» Vos efforts l'ont sauvée au suprême moment,

» Mais c'est Dieu qui vous fit son aveugle instrument.

» — Pour de faibles esprits gardez ce badinage;

» C'est à moi que Fortis adresse un tel langage!

» A moi, qui sais si bien l'ambitieux dessein

» Qu'un superbe délire a mis dans votre sein!

» Vous, dont la politique à l'ombre du mystère,

» Veut se servir du ciel pour régner sur la terre,

» Vous avez pu former l'espoir irréfléchi

» De tromper un vieillard dans l'intrigue blanchi!

» Vous me faites pitié, Général! — Si l'offense

» Se mêle à vos discours, je garde le silence.

» — Soit; mais encor deux mots, avant que de sortir;

» Après, ne parlez plus, je daigne y consentir;

» Écoutez : aujourd'hui l'Église militante,

» Pour des lambris dorés a déserté la tente ;

» Son triomphe l'enivre, et l'œil dans l'avenir,

» Elle a des maux passés perdu le souvenir ;

» Respectez mon pouvoir, soyez dans vos conciles

» Plus prudens orateurs et surtout plus dociles :   .

» Ce que vous avez vu peut se revoir encor ;

» Songez que sous ma main je tiens le fils d'Hector,

» Que vous épouvantant de l'ombre d'un grand homme,

» Je puis sur le Saint-Siége asseoir un roi de Rome ,

» Et de Fontainebleau vous rouvrant le chemin ,

» Dans son palais désert placer l'État Romain. »

Alors sans saluer Fortis ni son escorte,

D'un air majestueux il regagne la porte.

Fortis s'écrie : « Il fuit, son crime est consommé.

» Vous l'avez entendu, l'impie a blasphémé !

» Gonzague, Derbini, sortez de cette enceinte,

» Allez au vestiaire endosser l'aube sainte,

» Que deux ailes d'azur se croisent sur vos flancs,

» Dans le haras royal prenez deux chevaux blancs,

» Prenez ces fouets vengeurs qui sous nos saints portiques

» D'Henri-Quatre ont meurtri les membres hérétiques;

» Tombez sur Metternich, qu'il reconnaisse en vous

» Ces deux anges de Dieu, de sa gloire jaloux,

» Qui sous les parvis saints de leur verge sonore

» Battirent sans pitié l'impie Héliodore⁴;

» Exécuteurs, partez.... Quand le fier Allemand

» Aura sous mon balcon subi son châtiment,

» Qu'aux tours de Saint-Sulpice, une active ordonnance⁵

» Allume par signaux le bûcher de Valence;

» La victime est parée; un tribunal de Dieu

» Attend mon jugement; je la condamne au feu;

» Qu'une flamme de sang, sinistre météore,

» Apprenne à tous les rois ce qu'ils craignent encore.

» Qu'ils sentent cette épée, à l'invisible coup⁶,

» Dont la garde est à Rome et la pointe partout. »

Il dit : on obéit à l'arrêt qu'il prononce,

Et les débats sont clos dans le palais du nonce.

Notes du Chant Troisième.

¹ Krudener est son nom.

Si l'on nous fait le reproche d'avoir ressuscité madame Krudener morte en 1825, et de l'avoir mêlée aux autres héros de ce poëme encore vivans, nous croyons pouvoir répondre que l'intervention de ce personnage nous a paru nécessaire au merveilleux de cette épopée. Nous avons considéré cette illuminée, comme une divinité de la Mythologie moderne, et nous avons cru pouvoir l'exhumer pour donner de la vie et du mouvement à cette fiction; on peut d'ailleurs faire excuser cet anachronisme par l'exemple de Virgile qui a fait vivre sa Didon vers l'époque du siége de Troie, bien qu'elle n'ait régné à Carthage qu'environ cinq cents ans après.

Notre ami et compatriote, M. Alphonse Rabbe, dans son excellente Histoire de l'Empereur Alexandre, parle ainsi de madame Krudener :

« Dès 1814, l'empereur Alexandre avait eu des relations avec madame de Krudener; depuis quelques années cette femme célèbre remplissait le Nord du bruit de ses succès dans la mission si singulièrement évangélique qu'elle s'était donnée, ou, si l'on veut, qu'elle avait reçue des inspirations exaltées d'une ame religieuse et ardente, et d'un cœur qui surabondait de zèle et de tendresse pour l'humanité. On sait que, née dans la classe la plus éminente de la société et au milieu des douceurs de l'opulence, douée d'une beauté dont l'attrait était irrésistible, madame de Krudener renonça à ces avantages, jeune encore, pour accomplir, en annonçant aux hommes la parole de Dieu, un apostolat dont le but n'était rien moins que la conversion du genre humain. Jusque-là, comme il arrive ordinairement aux fondateurs de sectes, elle avait trouvé plus de partisans dans les cabanes que dans les palais, et les princes, loin de se faire ses prosélytes, l'avaient persécutée, jugeant dangereuses les prédications et même les aumônes au moyen desquelles elle entraînait les populations à sa suite. D'ailleurs, elle pouvait enflammer les passions des classes souffrantes, et fournir un prétexte aux rébellions, en mêlant à ses prières des prédictions menaçantes contre les puissans de la terre qui s'écartaient de la droite voie. Cependant, comme elle avait annoncé la chute de Napoléon, sa réputation de prophétesse commença, en 1814, à s'établir avec une sorte d'universalité, et voyant dans le grand changement qui s'accomplissait en Europe, une occasion favorable pour tenter la *révolution* religieuse qu'elle-même méditait, elle se rendit à Paris en même temps que les souverains alliés. C'était sur l'appui d'Alexandre qu'elle comptait particulièrement, non-seulement parce que la Russie semblait devoir être désormais la modératrice des grands débats qui s'élèveraient pour la reconstruction de l'Europe, mais encore parce qu'elle savait que quelque chose dans l'ame de ce souverain sympathisait avec ses propres idées sur la nécessité d'une révolution religieuse. . . . .

... Les instructions et les exhortations de madame de Krudener avaient produit leur effet. La célèbre prophétesse s'é-

tait habilement emparée de ce qu'il y a toujours de vivant et
de chatouilleux dans le cœur d'un roi ; cette *orgueilleuse fai-*
blesse qui se complaît dans des idées de puissance et de do-
mination. « Alexandre, disait madame de Krudener, a reçu
mission de réédifier ce que Napoléon avait reçu mission de
détruire. Alexandre est l'ange blanc de l'Europe et du monde,
comme Napoléon en fut l'ange noir. » Cette rivalité mysté-
rieuse des deux anges ou génies de l'époque, dut séduire
Alexandre, en le rehaussant à la hauteur d'un adversaire
au-dessous duquel il était bien forcé de se reconnaître, d'après
la valeur des proportions adoptées dans le triste monde des
réalités matérielles.

» On attribue donc à l'influence de madame de Krudener sur
Alexandre, la modération que montra ce souverain dans les
transactions qui se firent à cette époque avec la France. Ce
qu'il y a de sûr au moins, c'est qu'elle tenait, chez madame de Laharpe, des conférences mystiques, où se réunis-
saient les souverains alliés. Son crédit *politique* était donc
établi dès cette époque, et l'on juge aisément combien il dut
s'augmenter lorsque le retour de l'île d'Elbe et la journée de
Waterloo vinrent confirmer tout ce qu'elle avait annoncé
touchant les nouveaux malheurs qui devaient être suscités
par l'*ange noir*. On a même fait honneur de cette idée à madame de Krudener elle-même ; et il est vrai qu'elle avait rêvé
l'union des rois, mais dans l'intérêt universel des peuples.
Elle voulait *christianiser* le monde selon les principes de l'É-
glise primitive ; elle voulait la paix universelle, et ne voyait
d'autre moyen d'y parvenir que l'alliance des puissans du
siècle cimentée par la religion.

» Selon d'autres personnes, c'est au sortir d'un entretien où
cette femme extraordinaire épanchait son ame avec une éloquence admirable, que l'empereur Alexandre, saisi d'un
transport religieux et philantropique, enfanta le projet de la
sainte-alliance. »

² Du palais de Chabrol la flamme les conduit.

Ce sont les signaux de feu qui remplacent pendant la nuit le télégraphe placé sur l'hôtel du ministre de la marine.

³ Dreux-Brézé du guichet lui-même ouvrant la grille.

Les marquis de Dreux-Brezé sont de père en fils maîtres-des-cérémonies à la cour ; ils ont toujours été les plus fortes têtes héraldiques de France, après le père Ménétrier, le plus savant de tous les jésuites passés, qui a composé sur le blason une douzaine de volumes que personne ne lit, excepté M. Dreux-Brezé.

⁴ Battirent sans pitié l'impie Héliodore.

Cet impie Héliodore était le Blücher de son Antiochus ; il allait, en vertu du droit de conquête, piller le temple de Salomon, comme Blücher a fait au Musée de Paris, lorsque deux anges à cheval le fustigèrent impitoyablement.

⁵ Qu'aux tours de Saint-Sulpice, etc.

Il est bon que les étrangers sachent qu'un télégraphe est placé sur la haute tour de l'église Saint-Sulpice, et que c'est autour de cet édifice qu'est établi le quartier-général des jésuites parisiens. Leurs imprimeurs, leurs libraires, leurs journalistes, leurs Ouvrards, sont tous logés à la rue du Pot-de-Fer, comme pour nous apprendre que leurs ennemis sont des pots de terre ; leur trésor est rue Cassette, au bureau du *Mémorial Catholique*.

6 Qu'ils sentent cette épée à l'invisible coup
Dont la garde est à Rome et la pointe partout.

Nous nous sommes emparés de cette belle image qui fut si heureusement rappelée par le célèbre M. Dupin, dans son admirable plaidoyer pour le Constitutionnel.

www.ingramcontent.com/pod-product-compliance
Lightning Source LLC
Chambersburg PA
CBHW060435260626
47161CB00005B/1939

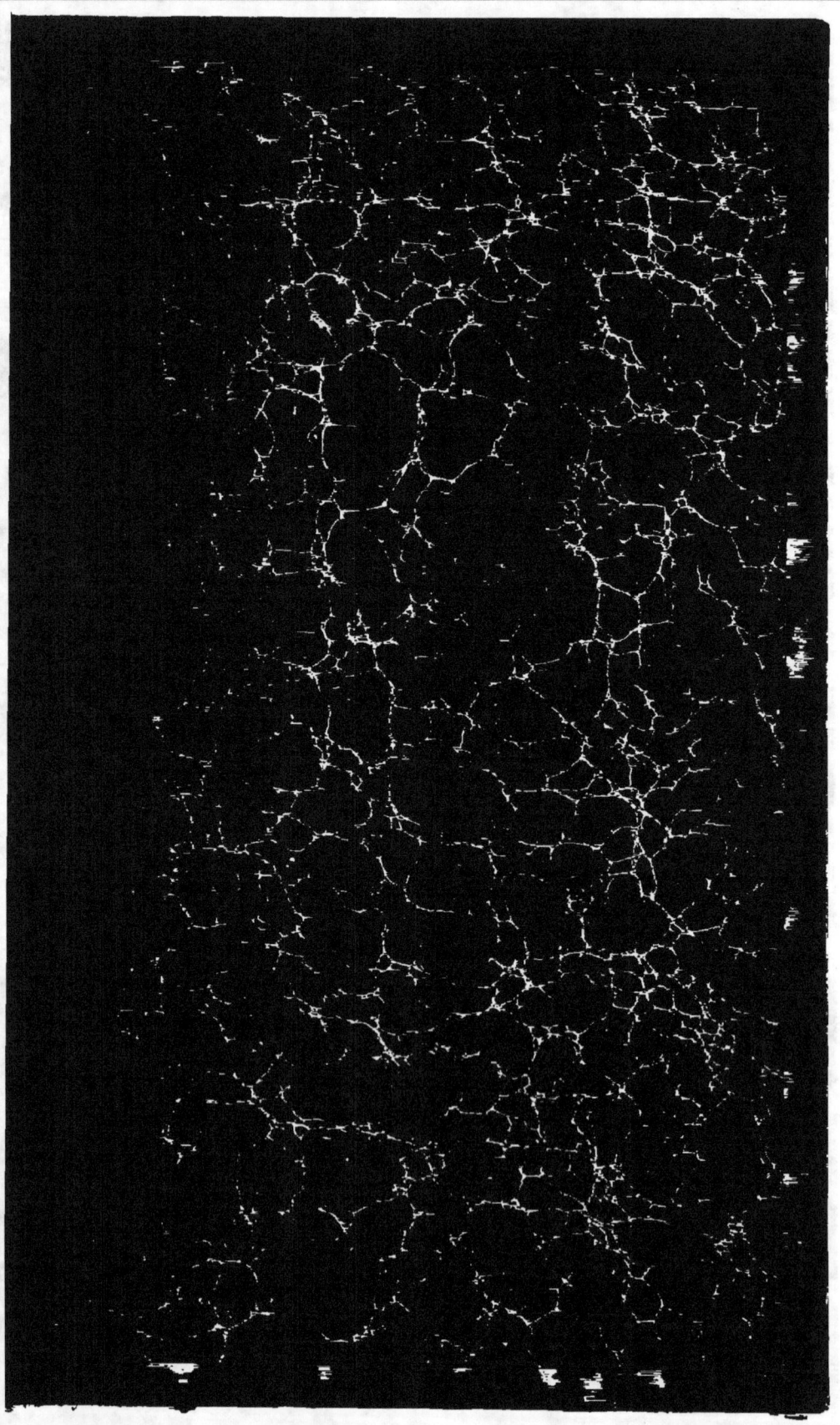

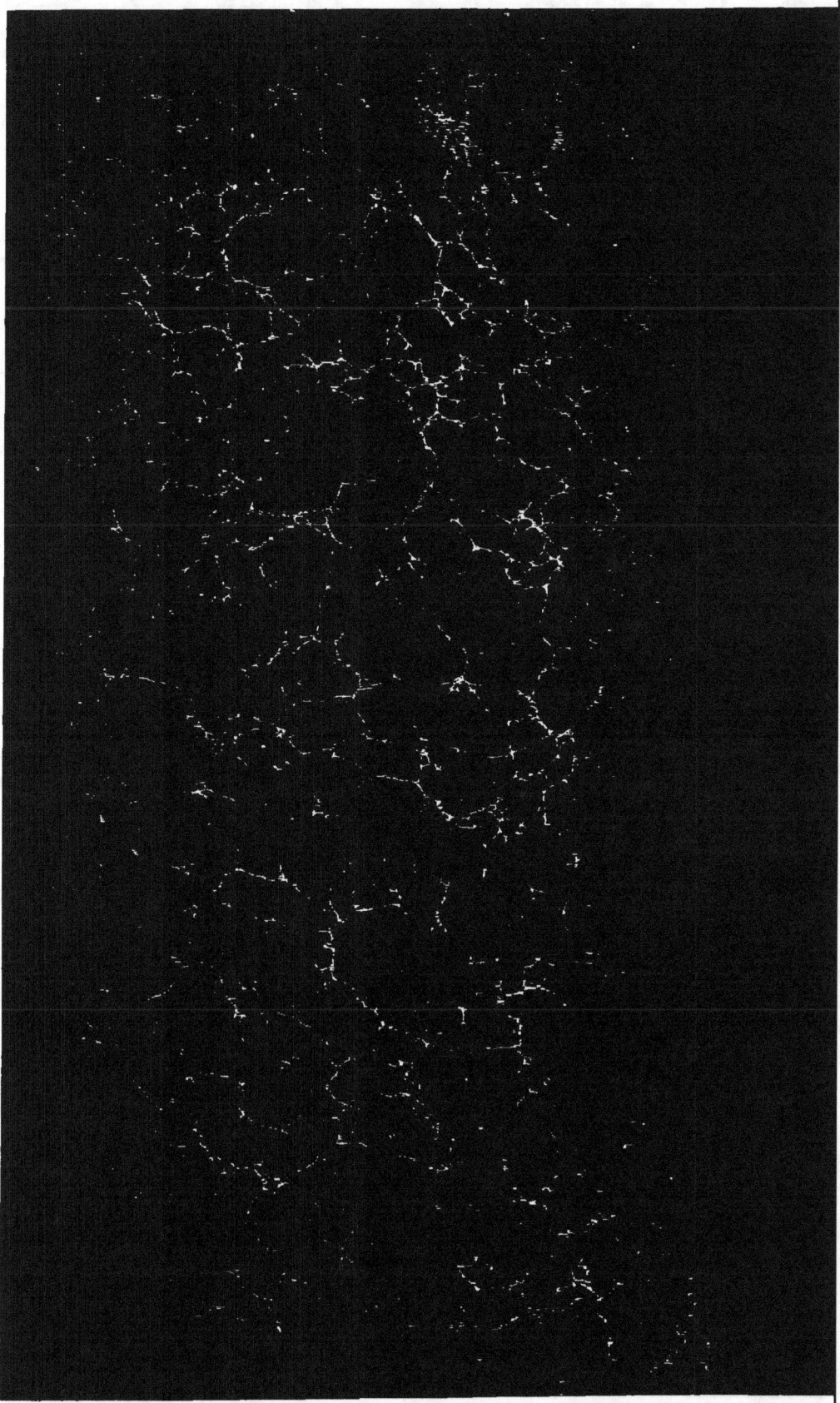